불안한데 심심한 하루,
잠깐 행복하고 올게

초판 1쇄 인쇄 2020년 4월 27일
초판 1쇄 발행 2020년 5월 6일

지은이 연분도련

펴낸이 이상순 **주간** 서인찬 **편집장** 박윤주 **제작이사** 이상광
기획편집 최은정 박월 김한솔 이주미 이세원 **디자인** 유영준 이민정
마케팅홍보 신희용 김경민 **경영지원** 고은정

펴낸곳 (주)도서출판 아름다운사람들
주소 (10881) 경기도 파주시 회동길 103
대표전화 (031) 8074-0082 **팩스** (031) 955-1083
이메일 books777@naver.com
홈페이지 www.books114.net

문학테라피는 (주)도서출판 아름다운사람들의 문학 브랜드입니다.

ISBN 978-89-6513-597-5 03810

이 도서의 국립중앙도서관 출판예정도서목록(CIP)은 서지정보유통지원시스템(http://seoji.nl.go.kr)과
국가자료종합목록구축시스템(http://kolis-net.nl.go.kr)에서 이용하실 수 있습니다. (CIP제어번호 : CIP2020015732)

불안한데 심심한 하루, 잠깐 행복하고 올게

연분도련 지음

4장

불안한데 참 심심한 하루

괜찮아,
행복은 nearby니까.

'행복은 nearby니까'라는 말을 자주 하는 지인이 있습니다. 제가 아는 몇 안 되는 지인 중 가장 긍정적인 사람이고, (적어도 자신의 인생에 있어서는) 가장 유쾌한 사람입니다. 그렇다고 우울함과 슬픔이 낭비라고 생각하면서 씩씩하게만 살아가는 사람은 아닙니다. 울어야 할 때는 충분히 울고, 웃어야 할 때는 가장 행복하게 웃을 줄 아는 사람입니다.

저는 그 지인을 보며 '어쩌면 저렇게 모든 순간에 최선을 다해 집중할 수 있을까' 궁금했습니다. 그리고 함께 만날 때마다 반복되던 그 궁금증 끝에, 지인이 주문처럼 외우던 '행복은 nearby'라는 말이 생각났습니다.

저는 매일 행복해지고 싶다는 생각을 하며 많은 준비와

계획을 세우지만, 행복이라는 것이 무엇인지 확실히 알고 있기는 한지 궁금해질 때가 있습니다. 보통은 행복이 성공과 같다고 생각하고 살아갈 때가 많은 것 같습니다. 하지만 그렇게 본다면 인생에 성공이 몇 번이나 올까요? 많게 잡아 두세 번의 성공이 오는 인생이라면, 행복도 두세 번 맞이하는 것일까요? 그러니 그 전까지는 불행 아니면 그냥 보통의 순간들만 누리며 살아가는 것일까요? (잔인해요.)

그래서 '행복은 nearby'를 실천해 보기로 했습니다. 작은 미소일지라도 웃음 짓는 그 순간을 행복이라고 여겨 보기로 했습니다. 그리고 이제는 슬프고 우울한 날들도 소중하다는 것을 알아 가고 있습니다. 시간이 지난 후 그런 날들

을 다시 들여다보니, 저도 모르게 미소를 짓게 되더군요. 미소를 지었으니 행복한 순간이라고 정해 봅니다. 그리고 슬프고 우울한 날도 행복의 일부분이라고 생각하며 최선을 다해 보기로 합니다.

그렇게 '행복은 nearby'를 실천하며 그린 이야기들이 묶여서 책이 되었습니다. 그리고 저의 두 번째 책입니다. 첫 번째 책보다는 조금 더 솔직하게 저를 그려 냈습니다. 그래도 첫 번째 책과의 공통점이 있다면 '정답이 있는 책이 아니라는 점'입니다. 저도 아직 초보 '행복은 nearby'실천가이기 때문이에요. 이 책이 일상 속에서 행복을 찾는 방법을 알려 주는 책이기보다는, 그저 읽는 분들께 작은 미소를 전해 줄 수 있으면 좋겠습니다.

　예상보다 준비 기간이 길어졌음에도 기다려 주시고 응원해 주신 출판사와 편집자분들께 감사드립니다. 제멋대로 살아가는 제 주변에서 고생하는 친구들, 어디에 있든 무소식을 희소식이라고 여기며 응원해 주는 가족들에게 이 책으로 소식을 전합니다. 모두들 사랑해요. 전 괜찮아요. '행복은 nearby'니까!

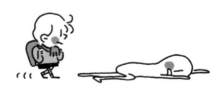

요즘 느낀 점이 하나 있다면

행복은 나에게 찾아오는 것이 아니라

마주치는 것이라는 점이다.

1장

나만 도착하면
떠나는 버스

네-다섯 정거장 정도 타야 하는 버스.

고민 끝에 오늘은 좀 걷기로 했다.

집으로 가는 길. 정말 오랜만에 걸어보는 것 같다.
생각해보니 어느샌가 퇴근도 출근처럼
숨가쁘게 하고 있었다.
물론 빨리 집에 가고 싶긴 하지만
서두를 필요 없는데...

그렇게 계속 걷다가 버스를 타고 갈땐 몰랐던, 동네에 새로 생긴 카페를 발견했다.

앗...? 이런 카페가 언제....?! 아이스크림 마카롱이라니?!..

오늘, 버스를 놓쳐서 다행이다.

두 개 먹을래

입구에 들어서자 특별한 날이 되었다.

미국 여행을 하면서 룸메이트로 지냈던
강아지 '아서'와 고양이 '헨리'는
가족이자 가장 친한 친구입니다.

어릴 때부터 함께 지낸 둘은
많은 부분이 닮아 있습니다.

부비적

한리는 기분이
좋으면 강아지처럼
꼬리를 흔듭니다.

부비적

이제 세수쯤은
스스로해야지..

크흥흥♥ 기부니가 좋구나~

킁

아서는 핸리를 따라
고양이 세수를 합니다.

부비적

킁

생각해보니 저와 함께 지내는 친구들은 가끔

야, 너 연분이 알아?

응, 걔랑 친하지.

저와 닮았다는 이야기를 듣는다곤 합니다.

함께 지낼수록 닮아가는 우리들.
그렇다면 나는 그들을 위해서라도
행복한 사람이 되어야겠습니다.

저는 앞만 보고 달리느라
옆을 보지 못할 때가 많았습니다.

고개를 조금만 돌리면...

나와 함께 달려주는 수많은 미소가 있다는 것을

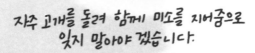

자주 고개를 돌려 함께 미소를 지어줌으로
잊지 말아야 겠습니다.

이사를 했습니다.

이번엔 복층으로 된 집으로 이사를 했어요.

전에 살던 집보다 집의 넓이가
크게 차이나는 것도 아닌데

쿨럭....

아..방귀 뀐 동물...
자수하세요...

쿨
럭...

천장이 높아지니 머리 위로 비어있는 공간만큼
빡빡한 마음에도 공간이 생기는 듯한
기분이 느껴지더라고요.

오..진짜높네..

흠... 나는 천장이 높은 집을 좋아하나?

천장 높이에 따른 행복이라...

뒤적뒤적

...내 키가 작아서 다행이야...

셀프디스...
쯧쯧...

흐뭇

키
160cm

오늘도 행복을 위해 정선승리를 했지만,
제가 좋아하는 것을 하나 더 찾았네요. (씁쓸...)

행복해지는 여러 방법이 적힌 글을 읽게 되었습니다.

행복을 위한 여러가지 방법이 있었지만 그런다고 행복할 수 있을까 싶었어요.

... 그런다고 행복해지겠어?

'나는 할 수 없다'는 이유를 때문입니다.

그런데 이런 이유들이
현재 '나의 상태' 일지도 모른다는
생각이 드네요.

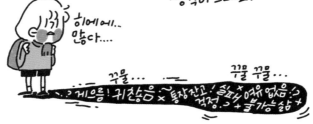

정말 행복해지려면 여러 방법을 실행하기에 앞서
자신의 현재 상태를 바꿀 방법을 찾든지,

복권에 당첨된다.

1등

돈이 없어
쾅
해결

꺄

꺄♥
꺄♥

즐그를
헤
헤
...
사
직
서

집에 갈래요...

퇴사를 한다.

시간없어
해결
쾅!

건강한 생활을 한다.

게으름
해결
쾅!

기상!!!

벌떡

파워
★
기상

아.. 아니...
해결 방법들이

너무 극단적이잖아..?

정신차려.. 집사야...

아니면 그 상태들이 핑계라고 생각하며
이겨내든지…

둘 중 하나를 먼저 해야겠습니다..

생각해보면 행복해지겠다는
강박을 가지고 살 때보다

그저 오늘에 집중하며 살아갈 때
더 행복을 느꼈던 것 같아요.

미국에서 한 달 정도 지낼 때,
로키산이 보이는 집에서 머물렀습니다.

하루는 로키산을 바라보며 집을 나와 걸었습니다.

오른쪽 부터 왼쪽까지 시야를 가리지 않는 풍경을 보니
내 마음도 시원하게 정리되는 기분이 들었어요.

일상을 살아갈때 외적으로
보이는 시야도 마음에 큰 영향을
미치는 것 같았어요.
(아, 그래서 사람들이 바다나
산을 찾아가는 걸까요..?)

어쩌면 지금까지 외적으로도
내적으로도 너무 꽉 찬 세상에 갇혀
집중하며 살아오느라 마음이
지쳤던 것은 아닐까요..?

그리고....

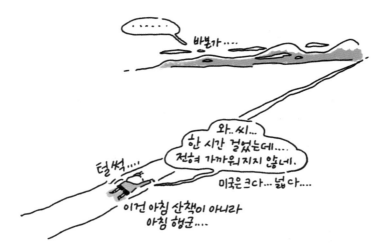

멀찍이 서서 아득히 바라볼 때가 제일 예쁘네요....

끄으응 시끄러...

잘하고 있어?

잘 좀 꺼져줘.

끄으응....

불편...

내 마음이 편한 하루 속에서
일상을 살아가는 게 중요하다고 생각해요.

내 마음이 편한
장소, 환경...
그건 아마...

흐으으음 ~ ♡

....이불 속....?

AM 01:30

배...고파...

세상
편하다..

일어나 백수야...

전날 밤 미리 확인한 날씨 정보 덕분에

갑자기 내리는 비에도 안전했던 오늘

겨울에는 여름이 그립고

여름에는 겨울이 그리워요.

매번 무언가를 그리워만
하면서 시간을 보내기보단
오늘을 무사히 견뎌낼
방법을 찾는 게 더 낫겠어요.

친구와 함께 점심을 먹고 디저트를 먹으러 갔습니다.

카페에 도착해 디저트를 보는데
종류가 너무 많아 고민이 되었습니다.

모두 먹어볼 수 없는 현실.
결정장애가 발동되어 혼자
끙끙거리기 시작했습니다..

그렇게 끙끙대며 무얼 먹을까 고민하고 있을 때
옆에서 친구가 말했습니다.

COFFEE · DESSERT · SANDWI

맞아요, 오늘 꼭 모든 것을
이룬다는 고민과 걱정 때문에
시간을 허비하는 것은 어리석을지도 몰라요.

하나씩, 천천히. 그렇게 해도
괜찮을 것 같습니다.

제가 싫어하는 말 중 하나입니다.

저도 예전에 그런 생각을
많이 했었습니다.

문규류 덕후 →

해봐지도 않고서 평가하고 무시하고 질투만
하는 저를 보니 우슨 자격으로 그런 말을
하는 걸까 싶었습니다.

'이건 나도 하겠다'라고 생각만 하고 있을때,
누군가는 행동해보며 남모르는 힘듦과
싸우고 있을지 모릅니다.

이제는 '이건 나도 하겠다'보다는
이렇게 말해 보려고 노력 중입니다.

저는 일을 시작하기 전에
'오늘의할일'을 적어두는
습관이 있습니다.

쓱쓱

지금까지의
나를 봤을 때 판단되는...
할 수 있을 정도만!

차근차근 일을 완료하면서
목록 앞에 체크를 채워나갑니다.

첵! 첵!
체크아웃!

체크할 때마다
쾌감을 느낌...?;

옵쏠개그....

☑ 원고 보내기
☑ SNS에 그림올리기
☐ 그림 그리기
⋮

오늘도 체크를 채워나가는데,
체크를 반쯤 채웠을 때쯤...

끄응... 하기 싫다..

갑자기 현타가..

갑자기 체크표시를 채울수록
내 몸은 비워지고 있는 기분이 들었습니다..

어... 내가....
사라진다아...

부스스!

스스스...

그럴 때는... 그만합니다. ^^

와..빠른 포기
쟤아까
우라났지?

오늘은
여기까지~

턱!!

정확히 '오늘 내가 할수 있을 정도만
적어둡니다.' 라고...

하루쯤은 계획표에 체크가 가득 차지
않는 날도 있을 수 있잖아요?

안그래???
이게 다 어른들의
세계란다~

간식 먹고 싶으면
조용히 하자~

치사한놈..   간식을...

계획표에 체크를 채워 나가는 일에 뿌듯함보다는
내가 소모되고 있다 느껴지면, 오늘은 쉬면서 소모된 나를
채우는 것도 나쁘지 않을 거예요.

누워서 영화
봐야지~

흠... 근데 이거... 어제도
이랬던 것 같은데...
데자뷰 인가아.....

내 마음을 아프게 하는
문제를 털어 놓는다는 것은

에...
응...
아...
맞아...
그.. 그래...

흠.. 문제를
객관적으로 바라봐야지!
그런 모습은 문제를 더 심각하게
만들뿐이야.

그런 대답을 원해서
털어 놓는 것이
아닐지도 모릅니다.

나도 어떻게 해야 하는
지는 않아... 하지만 그게
말처럼 쉬우면 지금
아파하지도 않았겠지...

터벅 -   터벅 -

문제를 해결해 달라는 것이 아닙니다.

끄응   ....

문제로 인해 생긴 마음의
상처를 털어놓고 싶은 것입니다.

그런 의미로...

그저 함께 아파해주고 울어주는
사람들이 옆에 있다는 것은 큰 행복이고, 행운입니다.

걱정 없는 고양이 1

집에 놀러 온 친구들은 가끔
이런 얘길 합니다.

아- 나도 고양이가 되고 싶다.
아무 걱정없이 살고 싶어.

그럴리가…
걱정없는 고양이는 없어…

응? 고양이들도 걱정을 해?

작업을 마치고 집에 들어가면
고양이들이 반겨줄 때가 있습니다.

다녀왔어—

여— 왔나—

오랜만—

왜… 왜 저렇게 쨰려보지?

찌릿… 찌릿…

고양이들은 집사가 집에 왔을 때
아무것도 들고 온 게 없다면

간식이나 장난감 등…

있나?

없는 듯…

끼잇

끼웅

……

……??

집사가 오늘 사냥에 실패했구나.
생각한다고 합니다..

무..뭔데!

....??

없네.... 없어...

냥무룩... 휙 휙

저희 고양이들도 매일매일
제 걱정을 해주네요.

우리 집사 어쩌니...
에휴...

엉금엉금...

에휴... 이러다가
다 굶어 죽겠어...

걱정 참
고맙네요!!

걱정 없는 고양이는 없습니다.

걱정 없는 고양이 2

몸이 아파서 아무것도
할 수 없는 날

끄으응.
머리아파..

할 일 많은데...

웬일인지 고양이들이
침대로 찾아와 줍니다.

스윽 ...

??

스으윽

057

당연하지만 확실한 행복

가끔 내일의 나를 위해 살아가느라

오늘의 나를 잊곤 합니다.

미래는 어두운 길이에요.

어두워서 불행 ·불안 하다는
의미가 아니라

아무것도 보이지 않으니
알 수 없어요. 누구도 알 수 없어요.

그래서 어쩌면 살아가는 것은

빛을 비추어 보는 것이 아닐까요?

알 수 없기에 더 두근거리는 내일,
빛을 비추며 맘껏 기대할래요

2장

귀찮고 변덕스럽고
소심한 나지만

프리랜서 생활을 하다 보니
자연스럽게 밤낮이 바뀌게 되었습니다.

그러다 보니 맑은 파란 하늘이 그리워집니다.

그럴때면....

맑은 하늘을 보기 위해
컴퓨터에

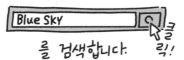

를 검색합니다.

기분이 좋아져요...♡

그리고 찾아오는 현타.

....은 그냥 저의
파해망상입니다.

·BONUS·

우울한 날, 웃음이 필요한 날에는
좋아하는 유튜버가 알려준 검색어…!

클릭!!

긴코원숭이 🔍 👆

……?? / 끄끄?

ㅋㅋㅋㅋㅋㅋㅋㅋ
ㅋㅋㅋㅋㅋ
ㅋㅋㅋㅋㅋ
ㅋㅋㅋㅋ
ㅋㅋㅋ
부들부들 ….

끄?

눈빛에
사연이 있어
보여… 너무
웃겨…..

인싸가 되기 위해서는 신경 써야
할 것들이 참 많네요...

화르르르르

SNS 활용을 열심히 해야 하고
(제가 제일 못하는 것.)

찰칵☆

항공샷!!
찰칵☆

바닥샷!!(?)

습관과 생활방식을 바꾸고...

선천적 집돌이

오늘도
쉴 순
없지....

인싸용
정성사진
건지러
가볼까....

터벅...
ㅣㅣㅣㅣㅣㅣ

아무튼 그렇게 인싸가 되어가다 저 자신에게
아싸가 되면 어쩌죠...?

도...돌아와!!!
그건 네 모습이
아니잖아!!

나도....
인싸야..

에 헤 헤...
목도리 팔아서
샀쪄...

목도리가 없다니!!!

(((♥

에휴... 인싸는 참 어렵네요....

·······

..... 저는 그냥 안 할래요....

못하는 거 아니고?

휘...

쉿..

저는 고등학생 때 블로그활동을
열심히 했습니다.

요즘에는 블로그에 일상 이야기를 올리지 않고,
포트폴리오로 사용 중입니다.

오랜만에 블로그에 들어가서 예전에
썼던 글을 읽어봤는데

심심한데.. 추억 82나 해볼까.

스윽—

BLOG

나는 아직...   2008.11.3

너무 쉽게 상처 받고
너무 쉽게 후회하는 걸 보니
나는 아직... 어른이 아닌 걸까...

실제 블로그 글

블로그를 아주ㅋㅋ
싸이월드화
해놨네ㅋㅋㅋ

....
ㅇㅇ, 너 아직
학생이야..

ㅋㅋㅋㅋ 꾹꾹
커피랑ㅋㅋ
책 원에ㅋㅋㅋ

부들 부들...

그래도 여러 글을 쭉 읽어보니

만흥이 미숙하고 부끄러운 글들이지만

적어도 솔직하고 용기 있는 글들이었습니다.

이제 저는 어른이 된 걸까요..?

으... 뭘 쓰지... 요즘 나는...
무슨 생각하며
살고 있지?

끄응...

생각을
하긴 하나...

욕먹으면
어쩌지...

'괜찮아'
'다 잘될거야'
이런 글 쓰면 외려나...

순수하고 용기 있게 마음을 적어내는 일이
어려워 졌습니다.

탁탁

어른이 꼭 좋은 것만은
아닌 것 같아..

툭..

어느 정도 나를 알게 되니

피해 가야 할 것도 보여요.

SNS에서 접하게 되는
'힐링' 글과 그림들을 보면

마음이 편해지는 위로를
받음과 동시에

주로 잠들기 전에
보면 기분좋게
잠을 잘 수 있다.

이런 생각을 하게 됩니다.
그 이유는 저도 (나름..)
힐링을 주제로 자주 그림을 그리다 보니

가끔은 '힐링'이라는 단어에
무뎌지곤 했으니까요.

쉽게 말해서,
내가 괜찮지 않은데 괜찮다고 위로하고 있고,

때때론 아무 생각도, 영혼도 없이
위로를 그리곤 했습니다.

그래서 '힐링'을 주제로
글과 그림을 제작하시는 분들에게
마음이 쓰이는 것 같습니다.

이렇게 매번 힐링과 위로를
건네주면, 이분은 누구에게,
어디에서 위로를 받나...

그래서 예전에는
그저 위로를 받고 그쳤다면

아, 잘 봤다.. 잘 자자.

이제는 그 글과 그림을 통해
위로와 힐링을 받았다는 감사 인사를
남기고 있습니다.

#힐링 #HEALING #글 #그림

댓글

오늘도 위로 받고 가요. 감사해요 ♡

위로 받음에 고마움을
표현함으로써

저도
위로 하나
보냅니다...

나 또한 작은 위로를
해줄 수 있도록.

하고 싶은 일만 하고 살 순
없다는 얘기를 자주 듣습니다.

물론 제가 하고 싶었던 그림그리기, 디자인을
하고 살면서 고민이 없었던 것은 아닙니다.

왜냐하면 하고 싶어서
시작한 일이 실패하면

누구도 탓할 수 없으니까요.

하지만 하고 싶었던 일이
아니었어도 실패를 하면

어떤 일을 해도 실패할 수 있고,

넘어질 수 있습니다.

우리는 각자 가치관이 다르겠지만,
선택지에 실패와 성공의 가능성이
똑같이 존재한다면

차라리 저는 하고 싶은 일을 해나가고 싶을 뿐입니다.

올해의 목표

"
생각은 늘리고
말은 줄이자
"

생각하고 말했나요?

흡!

티나요..?

조금 더 깊이 생각해보고
말하는 습관을 키우고 싶습니다.

신기한 것은 말로 하기 전에
한 번 더 생각하다 보면

자연스럽게 말이 줄어들더군요....!

이 습관은 무심코 날카로운 말을 상대방에게
해버리던 때에 만들게 되었습니다.

내가 상대방에게
상처 받기를 싫어하는 만큼

상대방도 상처받기를
원하지 않을 것입니다..

그런데, 이런 생각이
들었습니다.

올해의 목표
생각은 늘리고
말은 줄이자

......

흠...그런데
나만 바뀌면
무슨 소용인가...

올해의 목표
생각은 늘리고
말은 줄이자

흠....음...

곰곰....   생각...

올해의 목표
생각은 늘리고
말은 줄이자

...아!!

사람은 주변 사람에게
영향을 받기 마련이죠.

그럼 제가 영향을 끼치는
사람이 되면 되겠습니다.

물론 쉽지는 않습니다...

예전에는 이 말이 그저 차가운
말이라고 생각했습니다.

더군다나 남에게 (심지어 친구들에게도)
제 의견조차 전달하기를 어려워하는 저에겐

사용할 수 없는 말이었습니다.
그런데 그렇게 소심하다는 사람이
고집은 있어서…

걱정되는 사람이 있으면 제가
생각하는 옳은 길로 데려가려 하는
습관이 있습니다.

문제는.. 가끔 자기도 확신하지 못하는
방법과 길임에도 그런다는 것.

이건 저에게 정말 필요한 것은
NOT MY BUSINESS 일지도 모릅니다.

걱정되는 사람을 정말 사랑한다면,
정말 걱정된다면

확실하지 않은 길을 제시하기보다는

감성이 풍만해지는 밤이 되면

정확히는 새벽..

2시 ... 정도??

많은 아이디어가 떠오릅니다.

주로 '그림으로 그려야 겠다' 생각되는 아이디어들

저는 그런 아이디어들을
스마트폰 메모장에 적어둡니다.

그렇게 적어둔 글들을
며칠이 지나 다시 읽어보면..

이불킥을 (세차게) 합니다.

밤에 쓴 편지는 부치지 못한다는 말이 있죠.

이런 글을 썼단 말야...?

부들부들...

취한 거야..
취한 게 분명해..

밤에 그리는 콘티는 위험합니다.

이런 콘티를 썼단 말이지....?

부들부들...

미친 거지
미친거야...

그런데 그런 이불킥하던 글들...
(예를 들면 싸이월드 다이어리)

흑백사진

난 오늘도 운다.
이 눈물이 헛되지 않도록
난 계속 살아가련다...

지금 읽어보면 웃으며 넘기는 추억이 되잖아요.

혹시나 지금 쓰고 있는 밤메모들도
그렇게 될까 싶어 이불킥을
하더라도 지우지 못하고 있습니다.

그리고 밤메모 쓰기를
멈추지 않고 있습니다.

나중에.. 정말 나중에도
제가 그림을 그리는 사람으로 살고 있고

더이상 그려 낼 소재가 없을 때...

지금 쓰고 있는 밤에모를 보고
웃으며 그려내진 안을까 싶기 때문입니다.

무, 아닐 수도 있고요!

아무튼 모든 순간, 모든 이야기를 사랑하고 싶습니다.

당연하지만 확실한 행복

취향을 존중하면

아쉬워 할 일도 없어요.

예전에 글이나 그림을
그리기 위해 하던 독특한
습관 하나가 있었습니다.

집 앞에서 출발해 서울을
돌고 돌아오는 버스를 타는 습관입니다.
(서울 한 바퀴 돌고 오기…)

사실 그렇게 버스에
앉아있으면 조금 우울한
기분이 듭니다.

그러면 그 기분 안에서 솔직한
글과 그림이 그려지곤 했습니다.

세상에서는 우울한 감정보다는
행복하고 기쁜 마음을 우선시하곤 하죠.

저 또한 행복하고 기쁜 마음이
더 좋습니다. 그렇지만 그런 기분일 때는

그림이나 글이 잘 써지지 않더군요.

물론 특별한 날에 그린 그림이
빛날 때도 있지만

평범하고 조금은 울적한 날에
그려지는 그림은 어떤 그림보다
가장 나다웠던 것 같습니다.

또한 솔직하게 우울하고 울적한 날이
있기 때문에 행복한 날들이
더 빛나는 것이기에

우울한 날에도 최선을
다하고 싶습니다.

어쩌면 우리 함께하는
지금 이 순간이

가장 행복한 순간일지도 몰라

3장

별거 아닌 걸로
행복해지는 하루

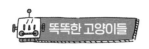

점점 뚱냥이들이 되어가는
민식·두식을 위해 오랜만에

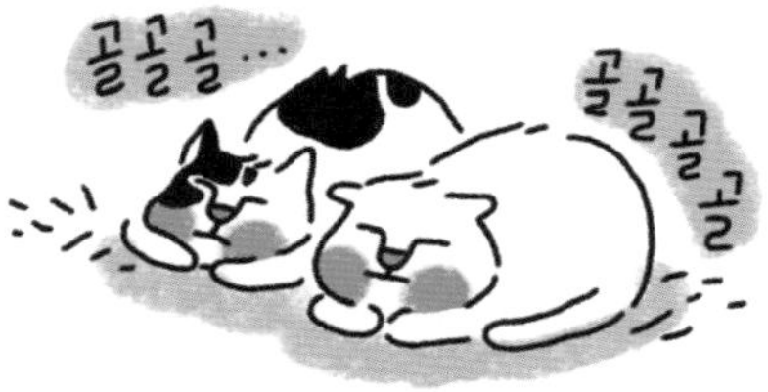
골골골…
골골골골

✧ 장난감을 샀습니다 ✧

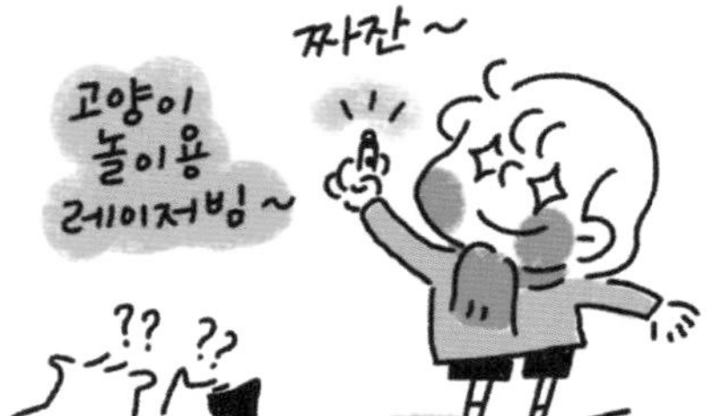
짜잔~
고양이 놀이용 레이저빔~
??
??

잡히지 않는 레이저를
향해 달리는 고양이를 보니

어쩌면 내가 쉬지 않고
달려가며 찾는 행복이..........

레이저빔 같은 건 아닐까.

어느 순간 레이저를 잡으러
다니지 않고 고개만 돌리는 고양이들.

실증난 것은 아닌 것이
계속해 달라고 조릅니다.

그럼 이제
그만하자~

안돼애..
부비
부비

휘익 더!
휘익 더!
앵콜!!!

해주면 다시 고개만...

??

잉? 뭐야...
놀지도 않을 거면서....
... 그때!!! ....

앗....!!

깨달음이 오셨다....

빠른 포기와 만족할 줄 아는 자세.

그런 마음가짐인 걸까요..?!?!

어쩌면 고양이들은
사람보다 똑똑할지도 ......

언제나 원하는 것을
다 갖고 이룰 순 없는 것이지.
때론 아득히 빛나도록
놓을 줄도 알아야하나 봐.

친구와 오랜만에
홍대에 놀러 갔습니다.

복작복작

여기! 여기!

홍대 길거리에는 다양한
물건들이 판매되고 있죠.

팔찌

반지

귀걸이

목도리

?? →

다양한 물건들 중에서
특히 귀여운 소품들은
그냥 지나칠 수가 없어요.

피규어. 귀여운 문구류.

귀여운 것들을 발견했을 때는

욱, 기여워.
내 심장.

크
으
ㅋ...

내가 이 아이들을 위해 돈을 버는구나,
생각하며 지갑을 엽니다.

다
주세요

친형처럼 생각해

한 해가 지나고 새해가 되었을 때
오랜만에 친구를 만났습니다.

그런데 친구의 표정이 좋지 않습니다.

오랫동안 줄 서서 기다린 맛집이

생각한 것보다 더 맛있을 때

저는 나름(?) 웹툰을 연재한다고
그림을 그리고 있지만

행복은 NEARBY.

(알고 계셨나요..저 제목..)

연재가 늦어지는 가장
큰 이유는....

끙.....끙...
끙......

이런 강박이 있기 때문입니다.

제 그림은 일상툰인데.
아쉽게도 그런 일이 매일 일어나는
행운아가 아니네요.

오늘도...
무사히..
하루가 끝났다.

어라..무사히
끝나면..
안되는데....

오늘도 '뭐라도 그려야 해.'
라는 생각으로 펜을 들었지만

배고픈데..

라면..
먹고 할까..

오늘도 제 일상엔 유익과 감동, 재미가
없어서 그릴 것이 없네요. ^_^

1시간 고민하느니.
1시간 더 잘래. ㅎㅎ

그럴 땐 꿈속에 뭐라도 있겠지!
생각하며 잠을 잡니다. 굿밤!

SNS에 그림을 올리다 보니
팔로워 수에 신경이 쓰이게 됩니다.

나도....
팔로워 좀
늘고 싶다...

물론... 내 능력의
한계겠지만...

그래도...

팔로워 많은
작가가 되면
더 행복할 것 같아.

흔히 '꼰대'라고 불리는 사람들의
가장 큰 문제는...

자신이 꼰대라는 것을 모른다는 것인데

가끔 그런 '꼰대'님들이
불쌍하게 느껴지는 순간이 있어요.

자신은 충분히 행복하고,
모두가 자신을 존경하고,
부러워하고 있다 생각할 때.

특히, 그렇다는 것을 티낼때 입니다.

나는 ~ ..
나때는 ~ ..
내가 ~ ..
너네도 나처럼 ~ ..

속도와 방향

작업을 할 때는 주로 좋아하는
TV 예능을 틀어두고 합니다.

소리만 들으면서
작업 중

빠빠!!
빠빠!!

이러다간 늦어!!!!

인생은 속도가 아니라 방향이야

.....?!

그러고 보니 요즘, 조급한 마음에
바쁘게 달리기만 했지, 어디로 달려가고
있는지 신경을 안쓰고 있었네요.

안정적인 수입

안정적인 생활

싫어하는 사람은 많지 않겠죠?

저도 좋아합니다;;

안정적인 수입만?

우씨!!!

하지만 가끔, '안정적'이라는 것을
잘못 이해할 때가 있습니다.

아무...... ...생각없음.

기쁜 것도, 슬픈 것도 아닌 감정도
안정적인 것이라고 느끼는 거죠.

너무 기쁜 것도, 너무 슬퍼하는 것도

꺄하하하   끄아앙

흔들리지   않으리.

좋은 것이 아니고, 잔잔하게 일상을 살아가는
것이 안정적이라 생각했었죠.

140

그러다 보니
웃는 것이 어색해지고,

잘 울지 못하는 것을 넘어서
이제는 화내는 모습도 어색합니다.

이런 상황은
타인에게도, 자신에게도
좋지 않겠죠.

거의 감정없는 로봇일지도.

출근한다.

저거 뭐야
무서워

아무것도 느끼지 못하고, 감정에 변화도 없는 건
안정적인 것이 아닌 것 같네요.

먼저 웃는 연습부터 시작해봅시다.

아하하하!
하! 하! 하!

이..이것도 무서워

지난 그림일기에 '꼰대' 이야기가
나와서 생각난 작은 습관 하나.

안녕!! 오랜만이야!

가끔 (아직 어리지만) 나이가
들어가고 있다고 느껴질 때마다

후배가 점점
많아진다거나.

이렇게
않았나.

선배~
오랜만이에요~

졸업하고
처음이네요!!

자가점검을 하곤 합니다.

평소에 질병이나 건강한 삶을
살아가기 위해 일상 속 습관을
점검하고 관리하는 것처럼

꼰대로 늙고 싶지 않기에
전에 티비에서 본 꼰대방지
5계명을 자주 꺼내봅니다.

꼰대방지 5계명

① 내가 틀렸을지도 모른다.

② 내가 바꿀 수 있는 사람은 없다.

③ 그때는 맞고 지금은 틀리다.

④ 말하지 말고 들어라. 답하지 말고 물어라.

⑤ 존경은 권리가 아니라 성취다.

잘 모르겠으면
그냥 외우자 ㅠㅠ...

어릴 때부터 피부관리하고
건강관리하듯

미리미리 꼰대성 관리를 하려고요.

당연한 듯 정착된 꼰대문화에 꼰대짓을
하고도 꼰대짓이라고 모르지 않도록!!

너무 당연하다 생각하며

잊고 있던 나의 행복

저는 제주도에 자주 놀러 갑니다.

※ 이정도는 아니지만
주로 일주일 정도 뒤에
떠나는 티켓을 사곤 합니다.

제주도에 자주 가지만
관광지를 찾아다니지는 않습니다.

주로 모슬포항에서만 지내다 돌아옵니다.
제주도에 여행과 관광 목적보다는
'휴식'을 위해 가기 때문에
관광지엔 가지 않고,

예전에 제주도 한달살기를 하면서
오픈을 앞둔 가게의 로고 디자인을 도와드리며
친해진 형·누나를 보러 모슬포를 찾습니다.

두분은 함께 가게를 운영하시며
제가 제주도를 찾을 때마다
따슨한 잠자리와 음식을 내어줍니다.

매번 급하게 가는 일정이라
죄송합니다....

그래서 언제 제주도를 가도 걱정없이
그리고 매번 설레는 마음으로 갈 수
있게 되었습니다.

이번 제주도 여행은
지난 여행들보다 더 급하게
결정하고 떠나게 되었는데,

그래서
이번엔 언제
오는데?

...내일이요.

하루 전에
티켓을 구매...

진짜???
완전 좋아 T.T
이번에 너 오면 알려주려고
새로운 맛집 찾았어!!

빨리, 조심히 와!!!

으헝헝...사랑해요.

폭풍짐싸기

급하게 정해진 일정에도 반갑게
맞이해주는 두 사람을 보니..

작은 인생에 두 사람 같은 지인들이 있어서
나와 큰 인연이 없던 어느 장소, 한 지역을
사랑하게 된다는 것이 얼마나
든든한 일인지 느끼게 되었습니다.

그리고 문득 이런
작은 다짐도 해봅니다.

이제부터라도

 제가 사랑하는
사랑들도 저로 인해

 설레는 마음으로
여행을 떠나오게

 만드는 사람이
되어보자고.

요즘 행복은?

157

저는 프리랜서로 일을 하고 있지만
지난 시간 아주 잠깐씩 회사에
출근한 경험이 있습니다.

일하러 가서!

일하러 가..

※ 피곤해 보이는 것은 기분 탓.

최근에도 한 회사에서
잠시 일을 하게 되었습니다.
(오후에만 출근해서 일을 합니다.)

좋은 아..아녜
오후..
입니다.

쾅..

아...네...

※ 오전출근·오후출근 피곤하긴 똑같음.

새로 일하게 된 회사 팀장님은
정말 너우너무 착하세요.

(일이 좀 남아 있어도
퇴근시간되면 내일하자고 먼저...히...)

그런데 팀장님께서는 가끔
이미 알고 있는 작업방식이나 방법을
알려주실 때가 있습니다.

그 상황에서 제가..

이러면 분위기 싸해지겠죠....

알고 있는 방법이라도

라는 생각으로 듣게 되는 이유는

전달되는 말의 차이인 것 같아요.

함께 일하고 있는 팀장님은
상대방이 기분 상하지 않게 배려하고
조심스럽게 얘기하시는 게
느껴지다 보니

듣는 입장에서도
한 번 더 쳐크하고, 주의하며 배우자는
마음으로 임하게 되더군요.

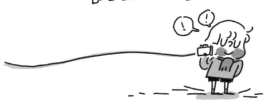

어떤 상황이든
마찬가지겠죠?

무엇을 전달하든 상대방에 대한
존중과 배려를 전제로 전달하도록
노력해야겠습니다.

(아, 특히 친한 사이일수록 더더욱 !!)

꿈이 뭐예요? 라는 질문에

직업을 답하지 않게
되기를……

"
꿈은 매일 매일 이룰 수
있는 것이니까.
"

4장

불안한데
참 심심한 하루

일기 쓰기를 꾸준히 하기
어려운 이유는

끄응.....
귀..찮아....

일기 쓰는 것을 나의 하루를
'보고하는 것'으로 여기기
때문인 것 같아요.

보!고!
합니다!

아침 8시 기상!
점심 순대국!!

퇴근 후 친구만남!!

이런 보고 형태의 일기를
쓰다 보면 금세 지치게 됩니다.
(그리고 일기쓰기조차 일이 돼버립니다.)

일기 쓰기에 지쳐가던 어느 날,
제 그림일기에 이런 댓글이
달렸습니다.

하루 한 줄 '감정일기'는 어떠세요?
다른 이야기는 기억으로 남겨두고
감정만 적어보는 거예요.

그렇게 시작하게 된
'감정일기'

처음에는 정말 한 줄의
감정만 적었습니다.
(그냥 욕 모음집 같지만....)

그렇게 일기를 이어가다 보니

그날 왜 이런 감정이었는지
오늘 하루 나에게 어떤 변화가 있었던 건지

마음속으로만 되뇌며 정리되지 않던
일들을 자연스럽게 일기에
풀어놓게 되었어요.

예전에는 일기를 쓴다는 것이
부담으로 느껴질 때가 많았는데

이제는 저가 먼저 일기를 찾게 되고
마음을 정리하며 하루를 마무리하는 것에
큰 위로를 받기도 합니다.

특히 지난
일기들을
다시 읽다 보면
시간가는 줄
모른답니다.

이렇게 일기를 쓰다 보니 왜
일기에 이름을 붙이고 친구처럼
여기는지 알 것도 같네요.

내 일기 이름으로
'규식'이 어쌔?

민식 두식

……

173

돈을 너무 펑펑 써버리는
소비습관을 고치기 위해

아끼다가~   똥된다~

' 하루에 만원으로 살기! '
를 시작했습니다..!

제가 정한 방법은...

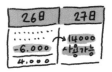

하루에 만 원 초과로는 쓸 수 없고,
만 원보다 적게 썼다면 남은
금액은 다음날 추가적으로 쓸 수
있답니다. (잘 설명되었나...)

아무튼, 돈 쓰기 좋아하는
저에게는 나름 재밌는 절약
습관이 될 것 같았습니다.

시작부터 삐뚤어진 생각....

만원살기 시작 D-1
나름의 계획을 세웁니다.

출근을 오후에 하나까 점심은
집에서 해결하고.. 커피 한잔
정도만 사 먹으면...

충분히 가능하겠어! 흥흥

그리고 …… D-DAY··

그리고 계획에 없던 지각....

계획에 없던 택시로 첫날부터 실패...

그래도 포기하지 않고 계속해보겠습니다...

저의 헤어스타일을 담당해주시는
지인이 한 분 계십니다.

자~ 어떻게
해드릴까요~

그분은 저의 아무말 같은 주문도 딱!
알아듣고 멋지게 머리를 해주시는
능력자입니다..

왜 그런거 있잖아요~
짧은데 너무 티나지 않고
좀 깔끔한데 자연
스럽고 머리
한듯 안 한듯한
그런 머리!

응~
너 참
한결같구나

입을 잘라야하나~

성격도 착하고, 멋진 지인이지만

하나의 흠이 있다면...

물건 사는 눈치가 부족하다는 것....

그래도 참 대단한 형이다 라고 느낀 건
그 다음 대사때문.

본인이 좋았다는 데, 어쩌겠어요.

요즘 실천 중인 착한일 하나가 있다면..

빨대 안쓰기 운동을 하고 있답니다.

이 운동을 실천하게 된 시점은,,
어느 날, SNS를 보다가

재활용되지 못하고 버려진 일회용
빨대들로 인해 피해를 입고 있는
동물들의 사진을 보게 되었습니다.

코에 박힌
빨대...

조금만 기다려..
빨리 빼줄게..

아파요
아파..

코에서 긴 일회용 빨대가 나왔어요.

그 영상을 보고 결심하게 되었죠.

흐어엉..미안해..내가 미안해.

단번에 생활 자체를 바꿀 순 없지만
작은 것부터 실천해보기로!

주변 사람들에게도
(반강제) 전파중 …

텀블러 사용하기도 덤으로
실천 중이긴 한데

일단, 텅블러가 없어서
하나 구매부터.
(지능형 지름러)

그리고 찾아오는
귀찮음의 연속.

텀블러가 없는 날에는
(테이크아웃일 때) 주문 전에
종이컵 사용 여부와 빨대를
꽂아주지 말라고 부탁해요.

정말.. 송구스러우나..
종이컵에...
빨대는..
빼고...

굽신   굽신

네.. 네 ;;
뭐 그렇게까지 ... 굽신하지 않으셔도 .....

그리고,
최근에는 종이 빨대를
쓰는 곳도 늘어나고 있더군요!!
(신기해!!)

물론 카페, 음식점을 운영하시는 분들께는
큰 부담이더군요....

아는 카페 사장님..

그래서 요즘에는 커피를 살때
종이 빨대, 스테인레스 빨대 또는
빨대 사용을 먼저 물어봐주시는
카페를 만나면

포춘쿠키 속 행운 점괘를 만난 듯
기분이 좋아지곤 합니다.

친구가 이런
이야기를 해주었습니다.

그 말을 듣고 나서
잠시 동안 서로 다른
생각을 한 기분....
(정적 10초...)

흠........

헉.. 나.. 늙은 건가.
아직도 싸이월드 시대에서
못 벗어나고
있는 건가.

너무너무 좋아 ...
나도 다이어리에
끈적이던 글들 좀
꺼내볼까.

아일랜드로 어학연수를 준비하고 있습니다.

'결심'만 하면 떠날 수 있을 줄
알았는데, 생각보다
준비해야 할 것투성입니다.

여러 준비사항 중 가장 걱정되는 건
역시... 돈입니다...

돈 걱정을 하며
잠자리에 들었습니다.

그리고 그날밤 꿈을 꿨습니다.

꿈속에서 저는 지난 여름 놀러 갔던 LA에 있었어요.

HELLO LA~

기분 좋은 여행 중, LA에 살고있는 친구가 말했습니다.

저 길에는 홈리스(노숙자)가 엄청 많으니 조심해.

특이하게 아시안 홈리스도 있어!!!!

아......

꿈속에서 저는 아시안 홈리스가
되었습니다.

홈리스가 된 저는 나지막이
속삭이더군요.

그래도...

날이 따뜻해서
다행이야

뭘까.. 이
무한긍정ㅋㅋㅋ

뜨끈

뜨끈

전기장판.

꿈에서 깨어나서 아일랜드에
살고 있는 친구에게 연락을 했습니다.

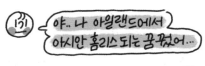

친구는 겁먹은 저를 위로해 주었습니다.

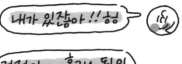

위로..........

위로... 인 거죠...??

나만의 작은 웃음포인트 하나쯤은

갖고 살아보는 건 어때요?

기억하시나요..?
[만원으로 하루 살기]를
실천하다가

계획에 없던 택시로 첫 날부터 실패...

+
계획에 없던
택시비
- 8,000

GAME OVER

흐아앗
제가 너무
안심했네요..
TAXI
3배주세요..
받아들여요

그래도 포기하지 않고 계속해보겠습니다.

패배를 맛본 저를.

→ 거짓말

그래서! 새로운
계획을 세웠습니다.

만원은
너무 가혹한 거
아닙니까!

맞아요!!
너무함!!

너무
몰아붙였어!

마음속 기자회견

199

이번에는 하루 단위가 아니라
십만 원으로 일주일 살기!

하루에 '만 원'으로
스트레스를 너무 받는 것 같아서

수많은 계산과 저의 소비패턴을
연구하여 일주일에
십만원으로 결정했습니다!

그렇게 시작된
십만 원으로 일주일 살기

나 이제
만 원 아니다!
다 엄벼!! (??)
당당
파워워킹

일주일 단위로 계획을 세우며
처음 시작은 나쁘지 않았습니다.

월	화	수	목	금	토	일
커피	커피	커피 옷	커피 생활 비용	커피 저녁	외식	커피 밥

문제는 취침시간이었죠.

기지개~~
아항—
다들 잘자자

그래도 십만 원에서 멈췄습니다...

그럴 때가 있습니다.

이 세상 속에서

내가 온전히

나이고 싶을 때.

그럴 때 어떻게 해야 하는지
잘 모르겠습니다.

그저 더 열심히
걸어 볼 뿐입니다.

그런 생각이 들었을 때
나와 같은 생각을 하는 이들을
생각하면서

오늘도 열심히 걸어갑니다.

세상의 모든 나에게
고맙습니다.

유튜브에 영상 올리기를
시작했습니다.

매번 해봐야겠다는 생각만 하고
미루는 것 같아서

한다고 말만 해놓고 찍어둔 영상이
핸드폰에 가득 .....

일단! 도전했습니다.

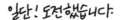

처음에 어떤 이야기를
올릴지 정확히 정하지 못해서

영상제작 연습 겸
최근에 다녀온 제주도 맛집 영상을
올렸습니다.

그리고 첫번째 댓글이 달렸습니다.

댓글(1)

? 초딩입맛

할지 말지 고민될 때는
일단 해보세요...

그리고 느껴보세요...
세상의 가혹함을...

소심한 편

나.. 입맛이..
초딩같니??

하.. 쟤
유튜브 누가
시켰냐?

엉엉.. 허꺼거..

하아...

억울하거나 답답한 일을
당했을때 제게 친구들은
이렇게 말합니다.

물론 저도 욕은 할 줄 압니다.

하지만 욕을 잘하지 않는 이유는
두 가지 중 하나입니다.

정말 사랑해서 적당한 때를
좀 더 기다리는 것

아니면 욕을 해도
소용없는 사람이라고
느끼기 때문이죠..

사소해도 괜찮아

(가끔 진행하는..)
일러스트 수업을 할 때 자주
하는 말이 있습니다

와아... 와....

와아 - 여러분 -
오늘도 즐거운
그림그리기 시간 -

* 특징 *
직장인 대상이라 모두 콰병함.

여러분! 잊지 말아요!!
어떤 사물이든 장소든
바라보는 마음에 따라
다르게 느껴지는 것을..!!

지혼자 감성적 ~

네... 네....

215

이 일러스트 수업은
'여행그림일기' 수업입니다.

자신이 다녀 온
여행 이야기를
그림일기로 써보는
수업이죠.

＊수업홍보 아님.

그림일기를 위해서 여행지에서
찍은 사진을 몇 장 골라야 하는데
사진 고르기를 시작하면

여러분들아...
대충 골라...
게임해...?

ㄴㄴ...ㄱㄷ...

아이...

나
죽어...

그렇게 30분을 보냅니다.

우리는 알게 모르게
예쁘고 특별한 순간과 사연만
그려내야 한다는
생각이 가득하더군요.

하지만 때론 작고 소소한 이야기가
더 아름답기도 해요.
(여행지에서는 더더욱!!)

어떤 시선과 마음으로
바라보느냐에 따라
달라질 수밖에 없겠죠.

아.. 맞아요...
이 길... 다시
보니.. 눈물이..
나네요.

글썽

글썽

... 갑..자기..?

그리고 우리가 살아가는 모든 순간
이야기가 없는 순간은 없어요.
비틀거리는 징검다리 건너기의 연속이라도

조심히 따라오세요!

어떤 마음으로 바라보고 간직하느냐에 따라
행복은 달라질 수 있는 것 같아요.

드디어!!
그림일기 완성!!

꺄!!!

잘했어요!
고생했어요!
여러분

감동..

저는 당신의 상황을
온전히 이해할 수 없기에

함부로 '괜찮을 거야'라고
위로를 건넬 수는 없지만

함께 해줄 수는 있어요.

힐링을 건네주기만 하는 친구가 아니라
힐링을 함께해주는 친구가 되어볼게요.

5장

대체로 내 맘대로 살아도
행복은 다른 문제

한국이 그리울 때가 있습니다.

······

찐한 친구의 생일파티 영상을 볼 때

나 없는 삶.. 행복하니....?

가족들이 다 같이
밥 먹는 사진을 볼 때

늦은 밤 한국 음식이 땡길 때

그리운 마음이 지나면

조금 슬퍼지곤 합니다.

그런데 아마 저는 나중에
여길 떠나면 이곳도 그리워하겠죠?

그리움 다음에 오는 마음을 슬픔으로
정하기보다는

그리움을 느낀 다음에는 다음 그리움을
준비해보는 것도 좋을 것 같습니다.

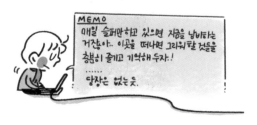

 꼭 필요한 시간

누군가에게 '좀 쉬겠습니다'라고
말하고 쉰 것은 아니지만
(프리랜서로 일하니...)

제가 ~
좀 ~ 쉬겠 ~
습니다 ~

휴가 ~
원츄 ~

잠시 동안 휴식기간을 가졌습니다.
(= 그림을 안그렸다.)

코알라가
될래.

나는 하루에 20시간은
쉬어야 하니까

그렇게 자체 휴식을 취하면서
느낀 것이 있다면

수많은 날중에
열심히 살지 않는 날이
있어도 괜찮구나.

아무 생각없이 보내는
날이 있어도 괜찮구나.

아니, 어쩌면

꼭 필요한
시간들일지도 몰라

드라마나 영화속 인물들을 보면
친구들이나 가족들 앞에서

어렵지 않게 눈물을 보이고
마음을 털어 놓더라.

그런데 그 후는 나오지 않아.

아 - 잘 울었다 - 이제 자자 ~
하고 끝내나?

아무튼 그래서 난 남들앞에서 잘 울지 않아.

어색한 분위기는 딱 질색이거든. 도대체 운 다음엔 뭘해야 하지?

아무것도 안해.

.....??

뭘 자꾸 하려고 하냐.. 마음 드러내고 울었음 됐지.

그냥 그 다음에 가만히 있으면 알아서들 위로해줄거야.

한국에 있을 때는 해외에서
생활하는 사람들을 보면 매일이

부럽다....

행복해 보이고
여유로워 보였습니다.

하지만 막상 직접 생활을 해보니

캬.. 해외생활 부럽다아..
나도 돈 모아서 확!
나가버려??

오지마. 그돈으로
치킨 사 먹어.

쿠켕...

(당연한 말이지만)
생각보다 매일이 아름답지는 않습니다.

235

무엇보다 무언가에 자꾸
쫓기 듯 생활하는 것이 몸과
마음을 힘들게 합니다.

쉴 틈없이 나를 채찍질하며
살아야 합니다.

그러다 보니 어쩌다 뜻대로 되지
않는 일이 생기면 나를 탓하며
스스로에게 실망하게 되더군요..

그런 상황이 반복되다 보니
너무 예민해지고, 작은 것하나
자신에겐 야박해지고 있네요..

이제는 나에게 조금 관대해질
필요를 느낍니다.

오늘은 이제 그만 나를 괴롭힐래.

길을 건너려고 기다리는데

좌회전을 하려는 차 운전자와
눈을 마주쳤습니다.

그리고 봤습니다.

그 사람의 표정을...

소리를 지르면서
괴상한 표정을
짓는 .... →

저는 늘 나와 마주하는
사람에게 같은 시선에서 대답해
주는 것이 예의라고 생각하기 때문에
저는 웃으면서

손가락을 펴 주었습니다.
시선이 많이 낮은 사람을 만났었네요.
(물론 너무 위험해 보이는 상황에선 무시하고 도망...)

하루는 늦잠을 자서 허둥지둥
준비를 하고 있었습니다.

바쁘게 준비하는 저를 위해
룸메이트는 아침밥을 대신 해주었죠.

하지만 정신없이 밥을 먹고
나가느라 고맙다는 말조차 하지
못했습니다.

무사히 약속에 늦지는
않았지만 무언가 하루 종일 저의
마음을 찜찜하게 만들었습니다.

마치 작은 가시가 박힌 듯
신경이 쓰였어요.

하루종일 신경 쓰이던 그것을
룸메이트와 저녁식사중 알게 되었습니다.

그런 상처는 더 곪기 전에
치료해야 합니다.

작은 인사와 표현이 모여
더 나은 나를 그리고 우리를
만드니까요.

아일랜드는 집값이 정말 비쌉니다.

와..! 집 좋은데요?

그죠?? 가격도 좋아요! 1400유로!

원룸이 보통 월세 1300~1400유로

1400유로 = 184만원

또한 그런 집 구하기가
하늘의 별따기 수준입니다.

바글바글

이게.. 다 경쟁자...?

집 뷰잉을 → 하러온 사람들

그리고 가장 힘든 것은 아무리 좋은 가격, 좋은 집을 찾았어도 자신을 집주인에게 어필하여 마음에 들도록 만들어야 해요.

저의 메일이 마음에 들면 뷰잉을 오라는 답장을 보내주는데

오지 않는 답장에 불행한 미래를 잔뜩 그리고 있었습니다.

그러던 어느날, 뷰잉을 오라는
답장이 왔습니다.

뷰잉을 가기로 한 전날 밤.
여러번 거절당한 기억에 불안해서
만반의 준비를 했습니다.

다음날, 뷰잉을 할 집에 도착하고..

저를 들었다 놨다 하는 일상의 연속이지만
그래도 덕분에 마냥 불행한 사람은 아니구나
라는 경험을 해봅니다.

저에게는 매번 반복되는
징크스가 하나 있습니다.

장기여행은 다르지만
짧은 여행을 떠날 때면 늘
비가 내립니다.

태어나서 처음 가본
부산 여행에는

태풍이 부산을 덮쳤고

처음 여행가본 대관령은

사일런트 힐이었쬬.

대관령에서 본 것은

양 인형뿐.

그래도 한 번뿐인 여행,
최대한 긍정적으로 바라보려 합니다.

그리고 우비와 우산이 가득한
지난여행사진들을 보면
왠지 모르게 대견하기도?

에휴.. 험난한 세상. 열심히도 사는구나.

버스 정류장에서 버스를 기다리는데

초등학생 정도로 보이는 아이를
두명이 다가와 말을 걸었습니다.

결국 도움을 주지 못하고
다시 버스를 기다렸습니다.

잠시 후, 버스가 도착했고

그 아이들은 제가 타는 버스에
함께 탔습니다.

그리고 제일 뒷자리에 가서 앉더니

둘이서 대화를 하기 시작했습니다.

대화도 하고, 창밖
풍경을 보며 함께 웃기도 하고 ...

마치 친구와 카페에서
아무 목적없이 시간을 보내는 것처럼요.

커피 없는 버스 카페구만

그러고 보니 그 아이들은
정말 어디로든 가려고 했던 것이 맞네요.

그리고..
목적지가 없어도 버스에 올라탈수 있는
모습이 저에게는 용기있고 여유있는
모습으로 보였습니다.

덕분에 집으로 오는 길이 더 아름답게
보이는 시간이었네요.

라고 말했는데...

왜 사람은 늘 마지막이 되어봐야
소중함을 느끼곤 할까요?

평소 관심조차 없던 물건에도
자꾸만 신경이 쓰이고

떠날 날이 다가올수록 주변
사람들이 애틋해지고...

지겹기만 했던 동네도 예뻐보이고

평소에는 익숙함에 지나쳤던
아름다운 것들이 눈에 들어옵니다.

옆에서 행복을 주던 것들이 너무
많아서 모두 가져가고 싶어요.

아무것도 안 하는 날이 있어도 된다는 것을 모를 때는
아무것도 안 하는 날이 참 불안했습니다
(사실 요즘도 가끔 그래요.)

그리고 생각해보니 오늘도
참 맑고 화창했습니다.

없는 날도 있는 거야!

아일랜드에서 가장 많이
볼 수 있는 것은

'새' 입니다.

아일랜드에는 어느 곳을
가도 새가 많습니다....

그중 3대장은

건들면
삼켜버린다.

갈매기.
얘가 제일 무서움.

비둘기

뭘봐

까마귀

라?

그리고 (갑자기 TMI)
저는 살면서 총 3번의 새똥을
맞았습니다.

찍!!

??

어릴 때 공원에서 한 번,

대학생 때 자취방에
가던 중 한 번.

런던 여행 중 한 번...

그래서 저는 새가 많은 아일랜드에
도착하자마자 알게 되었죠.

이곳이 나의 네번째 새똥 고향...

그래도 요즘 잘 피해다닙니다.

대신 개똥을 밟지만.....

✱아일랜드에는 개똥도 많답니다. ☺ ......

최근에 새로운 디자인 프로젝트를
시작하여 미팅을 하는데

디자이너님 생각은
어떠세요?

흠...

저는 다 좋은데 어떡하죠..
장단점이 다 달라서..

클라이언트 분이 이런 얘기를 하셨다.

어쩔 수 없죠! 하하!
좋은 것만 안고 갈 순 없잖아요!

그 말이 자꾸만 되뇌어졌다.

요즘 나는 더블린에 살면서 이곳이 한국과
크게 다르지 않다고 느꼈었는데

그것을 느낀 부분 중 하나는

한국이든, 다른 나라든
똑같이 하루하루가 힘들다는 점이었다.

사람 때문에 힘들어하고,

매일 존재하기 위해 애써야 하는
하루하루가 힘들다.

결국 나는 장소만 달라졌을 뿐
생활방식에서는 크게 달라진 점이 없다.

그리고 무엇보다 힘들 때마다 내가
하는 생각이 다를 것이 없었다.
한국에 있을 때는

외국에 있어도.. 힘들 때는..

무엇이든 장단점이 있는 것인데
나는 계속 단점만 바라보며

라고 생각했다. 그리고
자꾸 침묵하고 피하려고만 했다.

그렇게 내 인생을 스스로
답답하게 만들고 싶지 않다.

좋지 않다 생각되는 것들을 향해
소리를 내고, 부딪혀보고

상처받은 마음을 좋은 것들로 치유할 줄 안다면
어느 곳에 있어도 괜찮을거야.

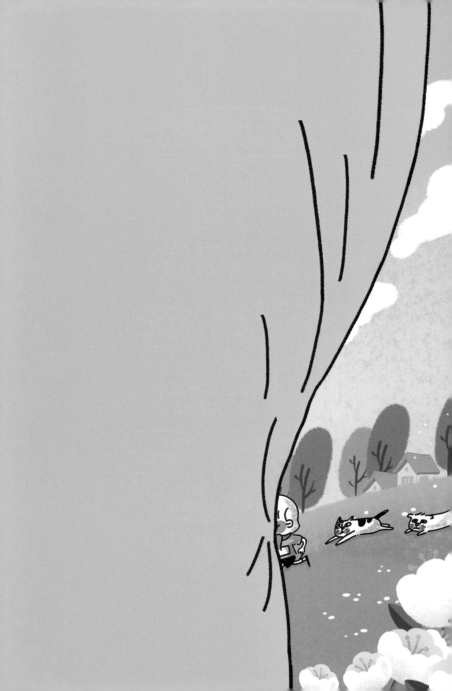